POIGNÉE DANS LE COIN

dico déjanté de la moto

Texte
Yann Marian **Alexandre Huez**
Illustration
Fabrizio Pasini

POIGNÉE DANS LE COIN

dico déjanté
de la moto

Casa éditions

Direction artistique : Martin Laignel
Maquette : Maxime Legrand

12 rue Mozart, 92110 Clichy
ISBN : 978-2-38058-210-9
Dépôt Légal : novembre 2021

A

ABS : Aujourd'hui encore, le motard né avant 1998 assume plus le fait de regarder *Les Marseillais* sur W9 que de dire qu'il a l'ABS sur sa nouvelle moto.

Akrapovic : Igor Akrapovic, ancien violoncelliste qui en a eu marre de la musique classique et s'est mis à fabriquer des pots d'échappement pour motos.

Airbag : Système ingénieux qui te donne 50 km/h de confiance sur le mouillé.

Altaya :

Modèle réduit que tu reçois pièce par pièce avec un magazine pendant des lustres et qui te coûte cinq fois le prix d'un vrai modèle. C'est ton arrière-petit-fils qui finalisera la maquette bien après ta disparition.

Antiparasite :

Dispositif qui élimine ou réduit les perturbations d'un signal électrique… Bon, ça c'est la définition chiante. Sinon, l'antiparasite, c'est le truc que tu débranches sur le moteur pour faire une blague à ton pote pour pas que sa bécane démarre.

Antivol :

Chaîne, bloque-disque, U, tracker… Les moyens sont nombreux pour retarder le vol de ta moto. Enfin bref, c'est surtout un truc qui sert à rassurer ton assureur.

Arsouille :

Première activité créée au moment où il y a eu deux motos sur cette planète. En 16 424 av. J.-C. selon les peintures rupestres des grottes de Lascaux.

Aspiration :
(suceur de roue)

Selon le professeur Michaud, l'aspiration est un phénomène aérodynamique qui résulte de l'effet d'entraînement produit sur un corps en déplacement par la présence d'un autre corps en déplacement. Bon, selon notre copain Stéph, l'aspiration c'est quand t'es derrière un pote en pleine bourre sur la D19 et que tu t'apprêtes à l'enrhumer avec ton DOMINATOR.

B

Bécane :
(synonymes)

Brêle, meule, machine, engin, ou motocyclette pour Jean-Michel Wikipédia.

Béquille :

Le truc que tu essayes de faire frotter dans les virages pour faire des étincelles (nous vous conseillons cette pratique la nuit pour un meilleur rendu).

BMW:

Quand tu veux faire croire que tu gagnes plus de 60K par an.

Bande de peur :

Non, ce n'est pas le nom d'un groupe de braqueurs de banque des années 70, mais bien « le » sujet de conversation chez les motards permettant un échange sympatique autour de ces pneumatiques avec des points de vues différents. Bref, c'est un concours de bites.

Bottes :

Les deux auteurs n'étant pas tombés d'accord sur le fait de savoir s'il était mieux de porter les bottes au-dessus ou en dessous du pantalon, ce livre ne fournira pas de définition pour ce mot.

Burn :

Activité qui te coûte un pneu arrière et le remplacement d'une portière de voiture dans laquelle tu finis généralement parce que t'as gardé qu'un seul doigt sur ton levier de frein.

C

Caisseux :

Tu l'es devenu à partir du moment où tu as commencé à parler de ton pantalon de pluie au psy de ta mère.

Carburateur :

(ou carbu)

Ancien terme utilisé par les motards qui s'appellent Michel, Gérard, Sylvie, René, Brigitte, Roselyne, Jacky, Bernard, Patrick, Thierry, Serge...

Cross-over :

Expérience scientifique ratée résultant de l'accouplement d'un casque de cross et d'un casque de piste.

Chicane :

Petit objet qui atténue le bruit de ton échappement et qui a tendance à faire grimper les ventes de fenêtres double vitrage quand tu l'enlèves.
Sur un circuit, la chicane mobile c'est le concurrent le plus lent qui t'oblige à sortir de ta trajectoire à chaque fois que tu lui prends un tour.

Clignotants :

Dispositif initialement obligatoire, sans doute l'objet le plus précieux pour le motard. Tellement précieux qu'il cherche à les cacher pour que personne ne les voit. Sur une voiture, c'est juste pour réussir le contrôle technique.

Combinaison :

(ou combi, combine)

C'est l'équipement qui traîne chez toi pour te faire croire que t'es pilote et que tu utilises plus en soirée costumée que sur piste.

NON C'EST JUSTE POUR FAIRE LE MALIN SUR TIK-TOK.
349 EUROS

Compteur :

Astrologue qui t'annonce le montant de l'amende que tu vas choper sachant que t'es à 130 sur la rocade et que t'as pas vu le radar.

Concessionnaire :

Magasin d'expo qui te sert à repérer et essayer la moto que tu vas acheter d'occase sur Le Bon Coin dans un an.

Contrôle technique :

Annoncé par François Fillon en février 2010, c'est la grande peur du motard, le contrôle technique est de plus en plus mis en scène dans les films d'horreur et dans les trains fantômes à la foire du trône.

Corde :
(point de)

Selon Bernard Pythagore, agent de sécurité au Carrefour Market du Havre, c'est le point de tangence à l'intérieur du virage. C'est à partir de ce point qu'on commence à redresser la moto et à réaccélérer progressivement. On évitera sur route ouverte à moins que tu veuilles le logo Iveco gravé sur le front.

Couler une bielle :

A pour effet de te faire couler un bronze digne des rapides du Colorado.

Course : Arsouille légale qui te coûte tellement cher qu'il faudra que tu sois créatif sur la recette de tes coquillettes.

Cross : Discipline de vitesse moto sur terrain accidenté, le pilote de motocross vit souvent non loin des hôpitaux et des stations de nettoyage Éléphant Bleu.

Cross-bitume :

Concept qui consiste à faire des acrobaties en groupe sur route ouverte. Les amateurs de cross-bitume portent souvent un survêtement. Une fois que les flics t'auront tamponné, tu verras que le survêt est plus pratique pour courir qu'un jean slim.

Custom :

Moto personnalisée, on en trouve souvent chez les fans de Johnny, le propriétaire d'un custom a souvent tendance à abuser des chromes si bien que sa meule ressemble à un Thermomix.

D

Daily observation :

Activité qui consiste à filmer sa vie sur la route et prier pour qu'on te renverse pour choper du pouce bleu sur les réseaux sociaux.

Dos d'âne :

(différents types)

Dispositif censé te ralentir, qui coûte un bras à ta commune et qui t'a convaincu d'acheter une Africa Twin.

Double arbre à cames :

Mot à placer dans une conversation pour faire croire que tu t'y connais en mécanique alors que tu sais juste changer l'ampoule du phare arrière.

Drapeau à damier :

Drapeau signalant la fin de course et qu'on retrouve comme nappe dans les restos motards de zone commerciale.

Ducati :

On s'était promis de ne pas faire de vannes sur la fiabilité des Ducati, mais vu que les nôtres sont en panne, on a un peu le temps.

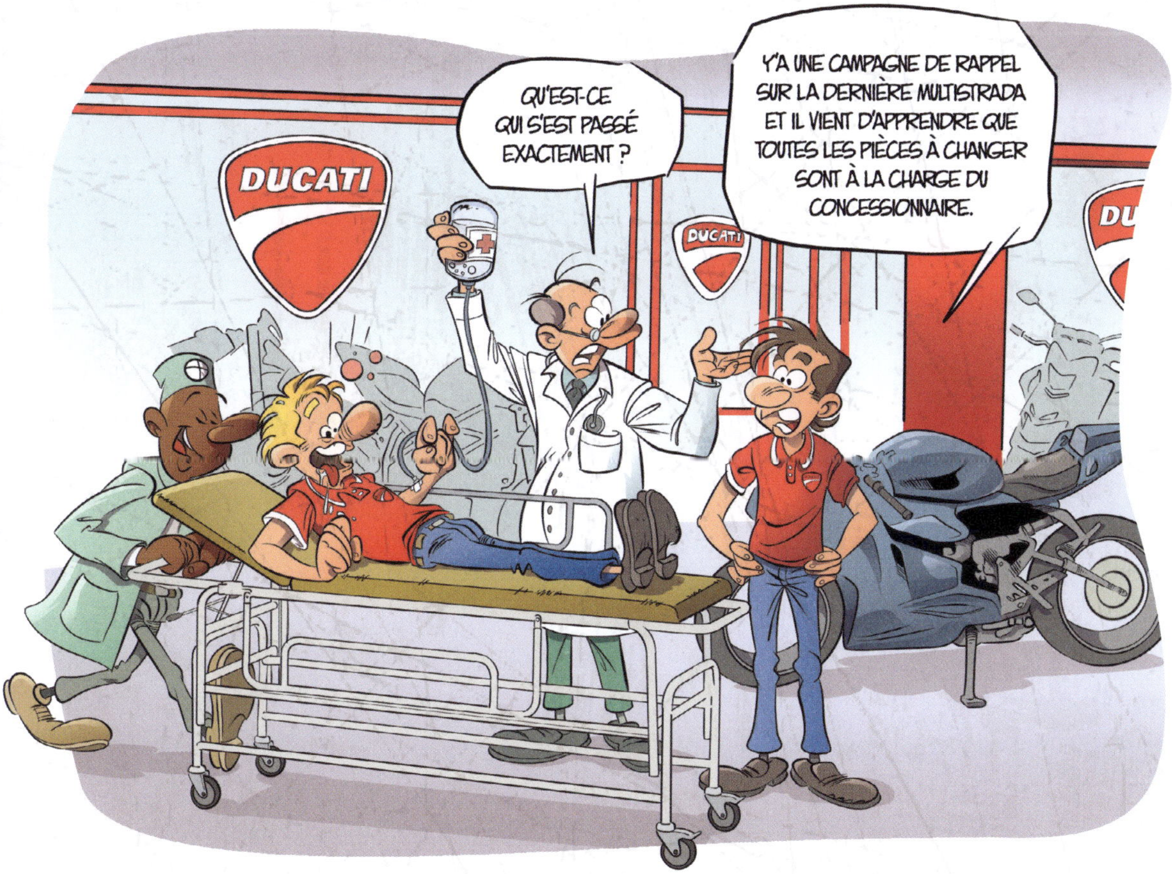

E

Échappement :
(ou exhaust)

C'est un peu comme la clope électronique de ta moto, plusieurs modèles, deux parfums, deux ambiances, deux ou quatre temps.

Électrique :

Dans 20 ans, quand tout le monde roulera en moto électrique, les manifs de la FFMC ressembleront plus à une minute de silence qu'à une protestation.

Enc@&#$! :

Expression souvent utilisée chez le motard comme signe d'affection envers tous ceux qui ne roulent pas sur une moto.

Enduro :

Principe de rouler en tout-terrain en pleine nature qui peut vite se transformer en sport de combat, les adversaires étant des écologistes, des chasseurs, des cavaliers ou encore des fils barbelés.

Esprit motard :

Il était une fois la légende de l'esprit motard. Dans des temps lointains, le motard s'arrêtait en bord de route lorsqu'il voyait un de ses semblables en rade. Aujourd'hui, l'esprit motard a été remplacé par le gilet jaune et l'iPhone 12 pour appeler la dépanneuse.

Euro 6 :

Norme européenne sur l'émission de particules qui te permet d'avoir l'impression de protéger la planète.

F

Feu de circulation :

Alors que le commun des mortels voit le feu de circulation comme un moyen de réguler le trafic routier, le motard, lui, le voit comme un bon moyen de voir si ses réflexes sont aussi efficaces que les pilotes de Grands Prix.

Vinted

Articles ▾ Trouver un article

Femmes Hommes Enfants À propos

Vends paire de baskets taille 42 portées une seule fois, état correct, offerte avec un jeu de plaquettes AliExpress.

FFMC : Fédération française des motards en colère, l'éditeur du dicomoto étant membre, on va s'abstenir de le vanner sur ses pattes à la Elvis du 77.

Flic : Individu qui n'a toujours pas compris le principe d'une carte fidélité, plus tu le vois, plus il te retire de points.

Freins : Plutôt utiles pour ne pas abimer vos bottes ou vos baskets et si votre mutuelle n'est pas dans le top 10 sur comparateurdemutuelles.com

G

Garde-boue :

Pièce postée au-dessus de tes roues pour éviter les éclaboussures sur tes fringues, le créateur de la lessive Ariel à été le premier à lancer la mode de raccourcir les garde-boue.

Gants :

Accessoire de mode sympa à mettre dans la poche arrière de ton jean si t'es un motard hipster.

Gravillons :

Les gravillons sont aux motards ce que les sacs plastiques sont aux tortues de mers.

GP de France :

24 Heures du Mans, Bol d'or, période de jeûne du motard durant trois jours où il ne consomme ni eau ni légume tout en étant vêtu comme un juilletiste au Cap d'Agde.

GPS :

Certains utilisent la pensée de Gandhi, Nelson Mandela, Martin Luther King pour trouver leur chemin, le motard quant à lui utilise le GPS pour trouver les petits chemins à virolos et redonner le moral à ses pneus carrés.

Guidonnage :
(le)

Provoque instantanément une trace de pneu dans ton slip, voir sur ton pantalon selon ta vitesse. Un conseil, achetez des sous-vêtements lavables à 90 degrés

ELLE EST PAS
BELLE MA MOTO
VUE DE HAUT?

H

Harley-Davidson :

Quand t'étais le souffre-douleur à l'école et qu'aujourd'hui tu te fais passer pour un bad boy avec ton bandana tête de mort.

High side :

Un bon moyen de se prendre pour Yann Arthus-Bertrand et d'admirer la route vue du ciel.

Honda :

Maman du CBR, du Gold Wing et de l'Africa Twin, bon pour la Deauville on pense que c'était pas le même père.

Houlalala :

(expression du motard aux multiples fonctions)

À la vue d'une moto d'exception, d'un devis pour une révision, quand ton pote se la colle devant toi, quand Rossi fait l'intérieur à Márquez, quand ta Ducati démarre (ou ne démarre pas), quand tu vois le prix des options chez Harley, quand tu arrives sur la réserve du réservoir et qu'il n'y a pas de station-service avant 100 bornes, ou encore en cas d'accélération combinée avec un pneu froid.

I

Intégrale : Le Père-Lachaise des moucherons.

Interfile :
(ou couloir de la mort)

Le motard aime s'y engouffrer pour entretenir l'amitié motardo-caisseuse. Dans cette jungle urbaine, c'est une des rares occasions de le voir utiliser ses warnings et de l'entendre klaxonner comme le trésorier de la FFMC 91 en pleine manif contre le port du gilet jaune obligatoire. Comportement encore inexpliqué par les scientifiques, dans l'interfile le motard aime imiter le condé pour écarter les voitures comme s'il menait le convoi du président du Swaziland.

J

Jet :
(bol homologué)

Je suis passé par-dessus le guidon avec mon casque jet, la petite souris est tellement passée chez moi après ça qu'elle m'a payé un loyer. Voilà, là t'as compris la définition d'un casque jet.

Joint de culasse :

Un ami mexicain me disait qu'il avait vu mourir son père mais qu'il avait pleuré pour la première fois en apprenant qu'il devait changer son joint de culasse.

Joint SPI :

Quatre heures de main d'œuvre à 90 balles pour deux joints à 3 euros.

K

Kawa : La dernière fois que tu as utilisé le mot Kawasaki complet, c'est sur ton constat.

Kick : Mon mollet vous racontera la fabuleuse légende du retour de kick.
PS : à ne pas confondre avec le cric sous peine de passer pour un blaireau.

KTM : Ready to race sur la N4.

L

Le Bon Coin :

Site que l'on retrouve le plus avec p*rnhub dans ton historique de navigation.

Le Castellet :

Au cœur du parc naturel de la Sainte-Baume, le circuit du Castellet est un havre de paix et de bonheur pour vous ressourcer en famille ou entre amis. Vous serez hébergés en Lodge Quechua et de nombreuses activités vous seront proposées tels la ligne droite du Mistral, la courbe de Signes ou encore le S de la Verrerie. Contactez nous pour un devis gratuit par téléphone (0,75 € TTC/min).

Le Mans :

Pour les catholiques il y a Lourdes, pour les motards c'est le circuit du Mans. Sauf que le miracle c'est quand t'as réussi à fermer l'œil dans le camping derrière le virage du raccordement.

Levier :
(frein et embrayage)

C'est le fond de commerce des vendeurs d'accessoires de motocross.

M

Mash :

Constructeur moto ayant le talent d'une photocopieuse, tu peux la commander direct sur AliExpress.

Modulable :

Les mauvaises langues diront que les modulables sont des casques de flic, mais ne rentrons pas dans les clichés, le modulable est aussi porté par les gendarmes et les bisexuels.

N

Nid de poule :

Au 1er juillet 2022, dans un souci de réalisme, les moto-écoles devront remplacer leurs plots par des nids de poule.

Néo-rétro :

En quête de son identité et incapable de s'ancrer dans son époque, le propriétaire d'une néo-rétro papillonne et se perd dans la nostalgie d'un passé qu'il n'a pas vécu. Qualifié de mec sympa avec une pilosité parfaitement maîtrisée, sa planète Mercure le rend tout de même un poil narcissique.

ALLEZ HOP ! ON S'ADAPTE AUX ROUTES FRANÇAISES.

Options :

Souvent abordées dans les séances d'hypnose du vendeur en concession pour te donner soudainement envie de mettre 2000 balles de plus dans ta moto neuve que tu finances déjà avec les allocations rentrée de tes gamins.

P

Pantalon de pluie :

C'est l'illustration du paradoxe du motard, tu le détestes autant que tu l'aimes. Grâce à lui, tu ne finiras jamais sur un podium de défilé de mode.

ALLEZ ON EN PROFITE AVEC
LE CODE PROMO
PUTAINDECAMION
20% SUR LES AIRBAGS!
LUCKY ONE
LUCKY-1
安全
(GILETS
S=XL M=X
XL=2XS

Permis :

(BSR, A1, A2, passerelle, A)

Si ton CV est un peu léger, tu peux ajouter toutes tes formations moto dans la case « expériences ».

Pilote :

Pour devenir pilote, il suffit de te rendre sur le stand cuirs replica du salon de la moto de Pecquencourt, et d'acheter le blouson avec le plus de patchs sponsors possible, 10 % sur le cuir Lucky Strike avec le code promo COLUCHE4EVER.

Piston :

Avec du recul t'aurais aimé que tes parents t'interdisent de faire ce tatouage sur ton épaule quand t'avais 14 ans. Aujourd'hui à 40 balais, ton tattoo ressemble plus à une sorbetière tombée du 10e étage.

Pistard :
(pilote amateur)

Collectionneur d'ITT, le pistard a pour habitude d'appeler son patron tous les lundis matin pour lui annoncer son absence suite à un high side à la sortie de la parabolique du circuit Carole.

Pizza :

Pistard sans équipement qui aime souvent taper des chronos sur la Canebière, il se compose de sauce tomate 0+, de lamelles de claquettes assaisonnées avec des gravillons.

Plaque minéralogique :

Emplacement sur sa moto qu'on oublie souvent bizarrement de nettoyer.

Pneu :
(avant - arrière)

Facile à user, chiant à démonter.

Poussette :

Art de démarrer sa moto en la poussant et bon moyen d'économiser un abonnement à la salle de sport. On ne répétera pas que le dessinateur du Dicodrôle, un jour en panne de batterie avec sa BM, l'a poussée dans une montée alors qu'il suffisait juste de descendre pour la démarrer.

Q

Quarantaine/ confinement :

C'est l'excuse que tu attendais depuis que tu as vu *Taxi 1* pour transformer ton salon en atelier mécanique.

OK POUR LE WEEK-END DU 4 FÉVRIER MAIS OUBLIE PAS LES CURLY ET LE PASTIS CETTE FOIS CI.
JANVIER
FÉVRIER
MARS
PIERRE
CEDRIC
CELINE

R

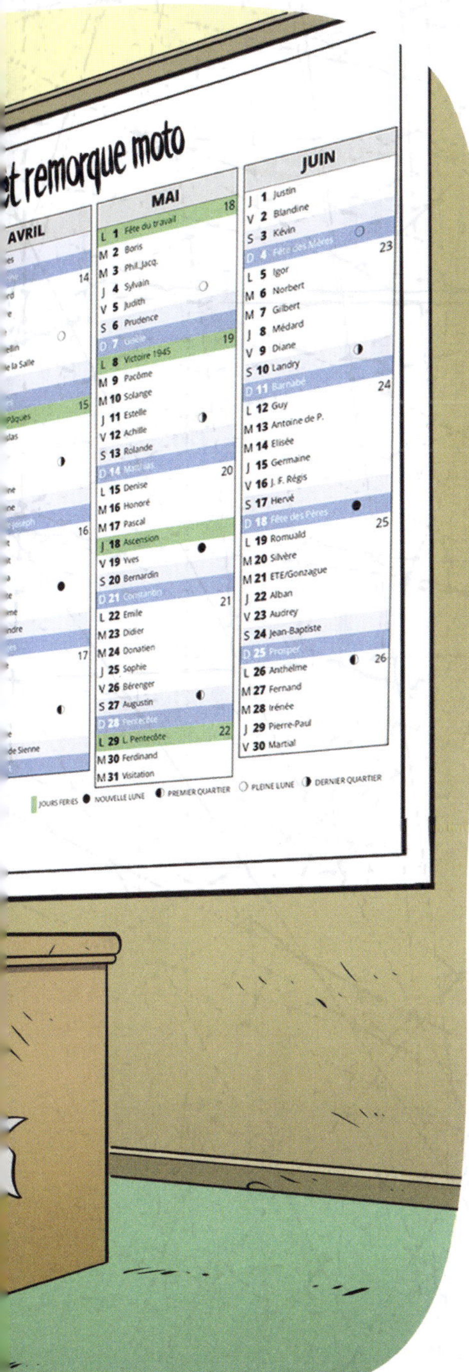

Radar automatique :

Dispositif qui te rappelle pourquoi t'oublies de nettoyer ta plaque minéralogique.

Remorque :

Accessoire que tu utilises une fois par an mais que tu prêtes tous les 15 jours à tes potes en échange d'un apéro. Rangée verticalement dans un garage, ça peut faire un super arbre à chat.

Retendre sa chaîne :

Relou.

Rétroviseur :

Tes premiers ébats avec le tuning.

Road trip :

Inventé par Jacques de Compostelle au IXe siècle, l'histoire voudrait que sur les 1 495 km de pèlerinage il n'ait pas eu besoin de retendre la chaîne de sa 103 SP. Ce miracle a été reconnu par le Vatican en 1982.

Rond-point :

Intersection composée de virages en dévers, sortie tout droit de l'imagination d'un vicieux qui aime voir le motard s'y bourrer par temps de pluie.

SEIGNEUR DONNE-MOI UN TUTO YOUTUBE POUR RETENDRE CETTE PUT%#! DE CHAINE!

Rossi :

Créateur de prêt-à-porter ayant un franc succès chez les amateurs de cross bitume.

Rupteur :

Chant que l'on peut souvent entendre au printemps dans les campings des 24 Heures du Mans ou du GP de France lorsque le motard est heureux d'avoir picolé une demi-centaine de Kronenbourg.

Roadster :

Il est le style le plus répandu. Associé au signe zodiacal du Lion, il a besoin de régner sur son milieu. Viril et rayonnant, impossible de ne pas le remarquer avec son échappement libre. Mais sous cette carapace se cache un individu au grand cœur, drôle avec une volonté à toute épreuve.

Routière :

Représenté par Neptune dans le ciel astral, le propriétaire d'une routière a besoin de confort et se verra dépenser une fortune dans de nombreuses options. Décidé, à l'allure froide, son apparence est soignée, stricte, avec des équipements aux normes et assortis aux couleurs de sa moto, il reste néanmoins un très bon compagnon d'apéritif.

Royal Enfield :

Réservé aux hipsters qui gagnent moins de 20K par an.

S

Scooter : Si tu roules avec ça, c'est qu'on t'a offert ce livre par erreur, ou que t'as loué un scoot de courtoisie pendant la révision de ta meule.

Slider : Protection aux genoux placée sur une combinaison ou un pantalon destinée à la conduite moto sur piste. Il peut être aussi utilisé en interfile pour niquer les rétros des automobilistes sans finir avec les genoux en pots de rillettes.

Stunt : C'est comme le cross bitume sauf que t'as les papiers de la moto et que tu adores les parkings de supermarchés le dimanche.

Suzuki :

Il paraît qu'ils font autre chose que des GSX-R.

Supermotard :

Discipline où l'on roule sur un circuit constitué environ de 3/4 de bitume et de 1/4 de terre. Autant dire que vu l'état des routes en France on fait tous du supermotard. Si on voit le bon côté des choses ça veut dire qu'on a tous un circuit en bas de chez nous.

Sportive :

Impatient et buté, le propriétaire d'une sportive a besoin d'action, de s'extérioriser et d'affirmer sa personnalité sur la route ! Sa planète est Mars et son élément le feu. Enthousiaste, il manque parfois de concentration et de discernement, il évalue mal les vitesses ce qui peut parfois lui jouer des tours.

Stage de récupération de points :

Résidence secondaire de propriétaires d'Hayabusa, H2R, bref de toute moto libérant plus de 100 canassons sous la selle. La légende raconte que certains motards y passent tellement de temps qu'ils se sont mariés et ont fondé une famille en stage.

Stoppie :

Très facile à réaliser quand tu as oublié d'enlever ton U.

T

Taxi moto :

Complot orchestré par Honda pour vendre ses Gold Wing à des motards sourds parce qu'ils roulent tous les jours avec Chérie FM à donf en interfile.

Top case :

Amour inavouable, pratique pour ranger un top case plus petit.

Trace de pneu :

Programme long synthétique, température 90 degrés, essorage 1 200 tours.

Trail :

Catégorie de moto qui te donne l'impression de faire le Paris-Dakar à chaque fois que tu roules dans une flaque d'eau.

Trajectoire :

Nom du bar clandestin ouvert par Michel pour qu'on puisse boire des coups pendant les confinements.

Triumph :

Réservé aux Steve McQueen du 92.

Tuning :

Mode des années 90 qui résiste malheureusement au temps dans certaines contrées françaises qu'on ne citera pas. Les Hauts-de-France et la région PACA, on est avec vous !

Turbo, compresseur :

Space Mountain sans arceaux de sécurité.

U

Urglvff :

Le son que tu fais juste après avoir gobé un frelon sur l'A1.

V

V : (signe motard)
Vérifiez la présence de nids de poule avant de saluer.

Vallée de Chevreuse :
C'est le Disneyland du motard parisien.

Virage : (ou virolo)
Inconnu aux USA, c'est pourtant le point G du motard.

V

VALENTINO FOREVER

ENEOS
ENEOS

Vloggeur :

Reconnaissable à la caméra de surveillance qu'il porte sur son casque, il aime souvent répéter la mise en scène qui fait son succès, le wheeling featuring envole de la moto devant la gendarmerie postée à l'entrée du rond-point.

W

Waze :

Les + : Signale la présence des flics.
Signale le Saint Maclou le plus proche.
Signale le SP98 le moins cher.
Les - : Ne signale pas la traversée du sanglier à 100 mètres .

Watata :
(phonétique)

Expression quand tu vois que ta tante s'est acheté une Panigale V4.

WD40 :

Permet de nettoyer facilement les fientes de pigeon sur ta Deauville.

Wheeling :
(ou Wheelie)

Cabrage, roue arrière, si tu es né avant 1998, bavette, Y, si tu es né après 1998. Attention, ne pas employer un terme ne correspondant pas à son époque sous peine de passer pour un ringard ou un boloss.

X

XXL : Taille de ton pot d'origine qui ressemble plus à un frigo américain qu'à un silencieux.

Y

Yamaha : Marque de piano pour cailleras.

Z

Zone Rouge : Il y a plus de personnes qui ont marché sur la lune que de courageux qui se sont aventurés dans la zone rouge de leur 500CR.

BAH ELLE EST OÙ ?

Achevé d'imprimé par D'Auria Printing, en Italie, en novembre 2021